우리 시대 현대시조 100인선 82

북행열차를 타고

이 달 균

태학사

우리 시대 현대시조 100인선 82

북행열차를 타고

초판 인쇄 2001년 10월 29일 • 초판 발행 2001년 10월 31일 • 지은이
이달균 • 펴낸이 지현구 • 펴낸곳 태학사 • 주소 서울시 서초구 서초
2동 1357−42 • 전화 (02) 584−1740 (代) • 팩스 (02) 584−1730 • e-mail
thaehak4@chollian.net • http://www.thaehak4.com • 등록 제22−1455호

ISBN 89-7626-718-4 04810 • ISBN 89-7626-507-6 (세트)

☞ 지은이와 협의하에 인지를 생략합니다.
☞ 파본은 구입한 곳이나 본사에서 바꾸어 드립니다.

시집 『南海行』 출판기념회에서
(뒷줄 왼쪽부터 정일근, 이월춘, 필자, 성선경, 우무석, 앞줄 왼쪽이 안성길 시인) (1987)

연변 용정중학교에 있는 윤동주 시비 앞에서 김우태 시인과 함께 (1996)

밀양 이재금 시인 생가를 둘러본 후 남천강변에서
(왼쪽부터 고증식, 이월춘, 필자, 이응인 시인) (1998)

가족과 함께 (2000)

차례

제3부 돌배의 노래

제4부 늙은 플라타너스에 관한 기억

제5부 생명을 위한 연가

제1부 북행열차를 타고

저무는 가내공업 같은 내 영혼의 한 줄 시

그래도 나는 쓰네 손가락을 구부려
떠나는 노래들을 부르고 불러모아

저무는 가내공업 같은 내 영혼의 한 줄 시

관계

혼자 이곳까지 걸어왔다고 말하지 말라

그대보다 먼저 걸어와 길이 된 사람들

그들의 이름을 밟고 이곳까지 왔느니

별이 저 홀로 빛나는 게 아니다

그 빛을 이토록 아름답게 하기 위하여

하늘이 스스로 저물어 어두워지는 것이다

낙타

등짐이 없어도 낙타는 걷는다
고색한 성채의 늙은 병사처럼
지워진 길 위의 생애 여정은 고단하다
생을 다 걸어가면 죽음이 시작될까
오래 걸은 사람들의 낯익은 몸내음
떠나온 것들은 모두 모래가 되어 스러진다
모래는 저 홀로 길을 내지 않는다
동방의 먼 별들이 서역에 와서 지면
바람의 여윈 입자들은 사막의 길을 만든다
낙타는 걸어서 죽음에 닿는다
삐걱이는 관절들 삭아서 모래가 되는
머나먼 지평의 나날 낙타는 걷는다

북어

못에 찔려 잠드는 날들이 많아졌다
좌판 위 마른 북어의 정물처럼 차갑게 누워
가슴을 짓밟고 가는 구두소리를 듣는다
뚜벅뚜벅 그들처럼 바다에 닿고 싶다
아무렇게나 밀물에 언 살을 내맡겨 보면
맺혔던 실핏줄들이 하나 둘 깨어날까
내 꿈들은 북(北)으로 가서 돌아오지 않았고
하얗게 녹슨 생각들이 부서져 쌓이는 밤
뜨거운 피를 흘리며 깊은 잠에 들고 싶다

북행열차를 타고

사리원 강계 지나며 빗금의 눈을 맞는다
북풍의 방풍림은 은빛 자작나무
퇴화된 야성을 찾아 내 오늘 북간도 간다
북풍에 뼈를 말리던 북해의 사람들
결빙의 청진 해안을 박제되어 서성이고
고래도 상처의 포경선도 전설이 되어 떠돌 뿐
다시 나는 가자 지친 북행열차
어딘가 멈춰설 내 여정의 종착지는
무용총 쌍영총 속의 그 초원과 준마들
갈기세워 달려가던 고구려여 발해여
수렵의 광기와 야성의 백호를 찾아
꽝꽝 언 두만강 너머 내 오늘 북간도 간다

하동에서

하동에서 정선 아리랑
한 자락을 들었습니다

비오는 날에 듣는 정선 아리랑은 갓무쳐 쌉쌀한 햇더
덕 맛. 정선의 아리랑은 정선을 떠나도 한참 떠나와 하
동포구 팔십리를 돌고 또 돌아도 물빛 푸른 섬진처럼
쟁쟁쟁 살아나는 걸 보면, 필시 그때 그 정선 사람들도
하동 어딘가에 살아있을 겝니다. 어쩜 그 딸네의 한 손
녀딸이 하동 하고도 노량 짬치에 시집 와 정선댁 택호
로 살아서, 비오는 날 정선 아리랑 한 자락을 새랑새랑
뽑아내리지나 않았는지.

그래서
백사 청송 넘어
정선으로나 가시는지

불륜(不倫)

가을날 몰래 핀 두어 송이 장미
그래도 꽃들은 감옥에 가지 않는다
위험한
이데올로기
저 반역의
개화(開花)

목질(木質)의 휘파람

나의 빈 내부에서
소리가 난다
오래된 목조건물,
그 목질(木質)의 휘파람처럼
빈 가슴
깊은 그 어디에서
소리가 난다

휘어진 강물이
얕아지거나 깊어질 때마다
그 소리의 진폭은
다르게 울린다
편지를 부쳐야겠다
낯선 마을을 향해

빈 채로 소리를 내는
가을날의 하모니카처럼
아이들 돌아가버린

삐걱이는 골마루처럼
터엉 빈
나의 내부에서
소리가 난다

밤의 배꼽

해가 지는 곳이 밤의 배꼽이다
어둠을 낳기 위해 태양을 지우는
죽음을
죽음답게 하는
배꼽의 힘이여

종소리

그 성당 종지기 영감이 죽었다
말없이 종만 울리며 살다간 사람은
가슴에 무슨 말들을 여미고 살았을까

종각 옆 광목빨래처럼 펄럭이던 한 생애
당신의 이빨빠진 웃음도 내 유년도
한 장의 낡은 사진처럼 붙박혀 남았을 뿐

비

비오는 세상을
한참 바라보았다
먼 기적 소리도
산 속의 새집들도
먼저 내린 빗방울들도
함께 섞여 비를 맞는다
짐승들도 젖어서
돌아간 이 길 위에
오직 나 혼자
메마른 검불처럼
선 채로 젖지 못하여
검불처럼 젖지 못하여

시간

— 이형,
또 가을이오
시집 한 권 띄워 보내오

구십년 시월 구일 이월춘 드림

십 년 전
친구의 가을은
쓸쓸해 보인다

이미 하늘이 된
한 시인의 젊은 날
시집 속엔 삭아가는
시간이 보인다

숭숭숭
골다공증의
허연 시간의 뼈

제2부 겨울 화집(畵集)

겨울 화집(畵集)

박수근 화집 속의 마을을 지나간다

빛바랜 파스텔조의 머리깎은 나무들

하늘엔 겨울새 한 마리 다리를 절며 간다

불현듯 요절한 사내들이 그리워진다

모듬발로 벽 위의 생을 걸어서 떠나간

미완의 생애 속으로 저 새는 날고 있다

풍각쟁이

풍각쟁이가 죽으면 약장수도 되는가 보아

　자고 새면 쌓이는 약 내다 팔다보면 맛좋고 빛도 좋
은 고놈의 약, 헤픈 여자같애서 나는 얄밉더라. 허어, 이
고약한 심보 다스릴 약 어디에도 없고, 풍각쟁이 역마살
다스릴 약 또한 없었으니 나는 떠돌이 풍각쟁이 혼. 요
입술 붉은 알약 팔다가 지치면 내 유년의 대산 장터 목
쉬어라 외치던 동동 구리무 동동 구리무 장수나 되어
떠돌고 싶어. 글매산에도 가고 배양산에도 가고 재너머
배나무실에도 닿으면 똘배 몇 알 얻어다 주린 배 맛나
게 불리고 싶어. 나는 누구 넋이냐, 나는 누구 넋이냐.

　흥나면 소리도 곧잘 하는 영락없는 풍각쟁이 넋

순장(殉葬)

묻혀주마 충직한 개처럼 살았으니
죽음의 핏방울도 그렇게 뿌려주마
나란히 청동보검의 녹빛으로 썩어질 몸
나머지의 여생도 내 것이 아닐 바엔
차라리 빛나는 수의를 걸치고
장엄한 노래에 묻혀 뜬눈으로 죽어주마
동강난 헌 칼처럼 쓰러져 뒹굴어도
뼈마디 마디마디 꺾여 울진 않겠노라
한 마리 준마와 함께 서서 잠들 내 영혼

구름의 장례식

구름이 죽었다
자욱한 여름 소낙비
강물은 추락하는 구름들의 공동묘지
잘가라
종이배 띄워
구름들 명복빌다

소매물도는 없다

몇 해 째 소매물도를 가지 못했다
맺혀 사는 일들을 자르기가 힘든 탓이다
하지만 내 생의 며칠을 어쩌지 못하다니

최후를 예감한 전장의 장수처럼
마지막 결전인 양 오늘을 산다면
혜초의 왕오천축국인들 다녀오지 못할 것인가

오늘도 소매물도는 저만치 앉아 있다
차라리 지도 속에 실재하지 않는 섬
사라진 전설의 바다, 그 파도였으면 좋겠다

그리운 이가 죽으면 핏빛 동백이 피고
그 생애를 덮을 만큼의 싸락눈이 내리는
먼 바다 작은 섬 하나를 가슴에 묻고 산다면…

그래, 어디에도 소매물도는 없었다
다만 그리운 이와 동백을 피고 지우는

쓸쓸한 싸락눈의 빛깔만이 내게 남아 있을 뿐

오윤

한때 천재였던 이름은 오래 살아서
능란한 처신의 귀재가 되었다
연륜은 뱀의 혀처럼 현란한 수사일 뿐
제대로 칼맛을 본 천재는 요절한다
시대의 풍운 속으로 사라지는 것이 아니라
광기의 화석이 되어 스스로를 증언한다

기억의 종이배 타고

눈빛이 투명하다 물소리가 난다

사람의 뼛속으로도 출렁이며 흐르는 강물이 있다면
향기도 빛깔도 없이 그저 흘러서 모래내를 이루던 남강
하류 그 기슭에서 보던 갓잡은 물메기 지느러미의 깃치
는 소리며 물밤줄기나 수초에 묻어나던 물때냄새, 배추
씨 모종삽 뜨는 경삼이 아재 누런 이빨같이 오래 잊었던
것들아, 청청한 물빛으로 반짝이는 그대, 그대를 지나

기억의 종이배 타고
그곳에 가고 싶다

사랑노래

한 줌 뼛가루 북한강에 뿌리지 못하고
철조망에 옷깃 한 자락 뜯기지 않은 채
내 어찌 백두와 묘향 노래할 수 있으리

그대여 가만히 잠깨어 들어보라
북북서로 머리 부딪고 쓰러지는 바람소리
두만강 교각 흔드는 저 열차의 맥박소리

누가 죽어 서러운 바람이 되었는가
누가 죽어 이 버팀목, 자갈돌이 되었는가
뜨거운 신열 속에서 혼절하는 사랑이여

시대의 한 개 돌팔매도 못된 요량으로
동해의 볏살 누이는 크나큰 사랑노래
목쉬어 불러나 보면 서툰 내 사랑 맺어나 질까

실상사

사람아 얽은 석장승 맘같이 고운 사람아
다래끼의 눈썹 하나 섬돌 밑에 묻어두고
실상사 어둔 석등같이 그리워서 운다

물

투명한 한 잔의 물을 가만히 바라보면
그 잔의 절반쯤은 내 감정으로 녹아 있다
미세한 모래알들과 유리컵에 서린 냉기
돋아난 혈관을 따라 초침이 걸어와도
정지된 컵 속의 물은 움직이지 않는다
차디찬 물의 정적 속으로 밤이 가라앉는다

하관

가을하늘에 펄럭이는 만장을 바라보면

시를 버리기보다 노래를 버리기보다

내 고인 눈물 퍼내기가 더욱 어렵구나

상여노래 가닥가닥 바람에 흩날려 보면

산허리 뚝 잘라 내 사랑 파묻기보다

땅심에 조각난 시 한 편 묻기 또한 어렵구나

오빠 생각

막차가 떠나고 더 올 차도 끊긴 지 오래
이젠 더 못 참겠다고 흰눈이 내린다
백설기 떡가루 같은 흰눈이 내린다

나는 밥상보 덮었다 걷으며
누나가 부르다 만 뜸북뜸북 뜸북새
철 지난 오빠 생각도 마저 불러 보았다

제3부 돌배의 노래

나는 랩시(詩)를 쓰지 못한다

1
거리엔 랩처럼 세월이 지나간다

어제같은오늘오늘같은내일은행나무잎새같은하루또하
루길잃은리듬과빛깔들이바퀴들이구름들이언약들이……

조국은 랩송을 부르며 도시를 질주한다

2
새로운 시인들은
오늘도 랩시(詩)를 쓴다
하지만 나는
랩시(詩)를 쓰지 못한다
우리들 때이른 퇴장, 쓸쓸한 세대교체?

먼훗날 그대들의 랩송도 흘러가면
두만강 푸른물처럼 눈물젖은 사랑이 될까

연인들 가슴 무너지는 고전이 되어 남을까

국화빵

국화빵을 사들고 귀가하던 날이 있었다
양철지붕 아래 촉낮은 꿈을 누이고
더러는 구멍난 날들을 기우는 손도 있었다

쓰러진 바람 위로 또다른 바람이 불어
약속없이 지치던 이웃과 어깨들
가난한 사람들에겐 사랑도 힘겹다

우리들 내일도 국화빵처럼 구워져
잘익은 단팥처럼 넉넉할 수 있을까
희망의 포자를 날려 일기를 쓰던 밤

불빛은 식은 열망을 다독이는 힘이 있었다
저만치 포장을 뚫고 비치던 카바이트 불빛
그 빛에 손을 녹이며 난 내게로 걸어 왔다

잠자리 · 1

아득하다 중생대의 폐허를 건너와서
지구의 어깻죽지를 평행으로 날으던
고단한 비행(飛行)의 행로(行路) 여기서 마감하노니
체념처럼 네 죽음은 투명하고도 아름답다
창문 틈 그 여백의 중심을 받들고 누운
누구도 예기치 못한 잠자리의 평화
다 타고 껍질만 남은 남루한 날개마저
개미의 양식으로 주고 마는 저 가벼움
버리고 버린 자들이 열어둔 만조의 바다

잠자리 · 2

사람의 뒤꼭지에선 비애의 냄새가 난다
제국을 꿈꾸던 공룡들의 최후처럼
백악기 그 잿빛 소멸의 쓸쓸한 냄새가 난다
아이들은 공룡이 남긴 발자국을 헤며 놀지만
어른들은 선 채로 석유냄새를 맡곤 했다
한 차례 더운 바람이 전야처럼 몰려왔다

잠자리는 날개를 펴고 잠행을 시작한다
비릿한 폐허의 연기 자욱한 도심 하늘
공장의 불빛을 지나 화력발전소 굴뚝을 지나

돌배의 노래

잘 있거라 나무야
함께 열린 돌배들아

네 잎새 그늘은 아름다웠지만 그대의 자양만이 나를
키운 게 아니라 지나치던 햇살과 바람들이 그리고 더 많
은 무엇들이 나를 만들었기에 나는 나무의 것도, 거두는
농부의 것도, 또 다른 누구의 것도 아니라네. 운명처럼
그저 머언 먼 하늘길을 가는 허기진 철새들의 것, 엷은
크레파스로 나를 그리는 서툰 화가의 것, 이슬 맞으며
새벽 밝히는 새벽별들의 것, 하늘의 소리와 지상의 소리
에 몸을 씻으며 진정 내 모습 내 빛깔로 지고 새고픈

떠도는
내 이름 하나
외로운 돌배

어떤 귀향

결핵에 떨어지는 꽃잎처럼 해가 진다
희고 눈썹이 야윈 여인이 앉아 있고
청년은 무진기행(務津記行)[*]의 끝자락을 읽고 있다
시간은 덜컹이며 온 길을 되돌아가고
낯익은 남도의 불빛 저만치 깜빡여 오면
조금씩 기관지를 앓는 사람들이 많아졌다
그럴수록 나는 자꾸 오줌이 마려워와
식어버린 한 봉지의 호두과자를 매만지며
서러운 좀도둑처럼 어둠 속에 숨고 싶었다

* 「무진기행(務津記行)」 : 1964년 김승옥이 발표한 단편소설

허구의 신화

툭툭 먼지를 털듯 보던 책을 덮어버리듯
조용히 손을 씻고 창가에서 놀을 바라며
담담히 순교자처럼 눈을 감으십시오

지조 없는 후학들은 이름을 받들어
화려한 비문과 찬란한 연보로
당신의 신화축성에 기꺼이 몸바치겠지요

마네킹의 겨울

애벌레의 집처럼 여위어 있었으므로
난 그저 가볍게
죽이고 말았던 거야
실내를 표백시키는
그 오후의 나른함

창백한 휘파람처럼 바람이 지나가고
나뭇잎 부스러지는 소리가 났을 뿐
다시는 아무런 일도 일어나지 않았어
그녀의 싸늘한 안식의 긴 잠 위로
베토벤의 로망스를 조금 낮게 틀어놓고
도심의 햇볕 속으로 걸어가기 시작했어

햇살을 피하기엔 극장이 제격이야
쥐들처럼 어둠 깊숙이 나를 의탁하고
짜릿한
살해의 순간을
손끝으로 매만졌지

화약냄새 자욱한
영화 속에서 걸어나와
어둠에 기대선 채 주위를 살폈지만
누구도 내 하루의 일들을 눈치채진 못했어

몇 번 씩 이유 없는 호각소리가 들렸고
성긴 눈발 속에서 심장을 다 쏟아낸
창백한 마네킹처럼 오래오래 서 있었어

최북

그는 광물성이다 수직으로 걷는다
함부로 토양과 친화하지 않는다
손으로 제 눈을 찔러 실명의 길을 간다

참회

칼별에 찔려
최후를 맞고 싶다
아득히 벼리고 벼린
한 줄기의 별빛
하지만
목숨 벌하지 않는
저 칼별의 단호함

캡슐 속의 평화

내 몸은 식민지 캡슐은 구원한다
그들은 침투를 위해 은밀히 교신하고
드디어 몸 속으로의 진입에 성공한다

바이러스는 곧바로 주의보를 발령하고
세포들은 맹렬히 저항하고 투쟁하지만
조용히 무릎을 꿇고 백기를 흔들 것이다

점령군들은 서둘러 작전을 끝내고
초토의 심장 위에 내성을 심어놓고
마침내 리모컨으로 나를 원격조종한다

지배자의 우산 속에서 내 몸은 무사하다
쾌락도 분노도 알약들이 대신하는
나른한 캡슐 속의 평화, 하얀 식민의 밤

제4부 늙은 플라타너스에 관한 기억

늙은 플라타너스에 관한 기억

늙은 플라타너스에 기대어 귀를 대본다
그때 무슨 약속인 양 칼금으로 이름을 새기고
역무원 깃발을 따라 타관으로 떠나왔다

달디단 수액을 빨며 잎새들 피어오를 때
물관부로 차 오르던 눈물의 투명한 삼투
나무는 저 홀로 훌쩍 키가 자라 있었다

어느덧 긴 강물이 나무 속으로 흘러갔다
강물은 밑둥을 돌아 나이테를 그리고
팔벌려 햇살과 교감하는 전언이 되기도 했다

늙은 플라타너스엔 기적소리가 묻어 있다
너무 오래 가두어 둔 칼금의 기억들
나무는 새 떼를 부르듯 이름들을 불러낸다

일기(日記)

오늘은 하루끼*의 소설집 한 권과
벗들이 보내주신 시집들을 읽었다
왼종일 나는 없었고 그대들만 있은 하루

* 무라까미 하루끼 :「태엽감는 새」 등으로 국내에도 잘 알려진 일본
  의 소설가

남쪽 물고기자리의 별들

남쪽엔 물고기를 닮은 별들이 있다네
신화집 속에서도 별들의 무덤 속에서도
예전에 본 적이 없는 눈이 붉은 작은 물고기

자꾸만 자꾸만 강물이 어두워지고
넋 나간 고기들 하얗게 떠올라 오면
개오동 잎사귀처럼 등뼈가 휘는 남쪽 물고기

가난한 사람들의 한 끼 저녁을 위해
따뜻이 몸을 데워 스스로를 바치는
남쪽엔 물고기자리의 별들이 있다네

내원동

내원동에 없는 것은
사람들의 자취 뿐

허물어진 연초 건조창을 헤집는 늙은 쥐들과 마른 잎
담배처럼 서걱이는 바람들. 지겨워서 뿌리치고 온 생이
이곳에도 있다니. 가보면 아니고 또 가봐도 아닌 것이
소리라고 되뇌던 안숙선을 생각했다. 그녀가 평생을 부
르다 갈 목쉰 곡절처럼 다 못 자란 것은 못 자란대로
덜 여문 것은 덜 여문대로 고분고분 지고 있는 내원동
의 가을

사람은
다 떠나가도
내원동은 늘 그대로다.

우울한 빗속의 드라이브

낯익다 가을날 어느집 처마 밑을
맨발로 서성이는 사십대의 빗줄기
불빛에 문득 비치는 누굴 닮은 빗줄기

우울한 날이면 FM도 우울하다
빗소리도 섞여서 잡음으로 떠도는
우울한 저녁을 향해 경적을 울린다

오래된 약국

그 오래된 약국엔
늙은 약사가 있다
먼지나는 헌책방과
풀빵집이 있던 때부터
조제실
의자도 함께
낡아가고 있었다

그들을 다 떠나보내고
성자처럼 홀로 남아서
쿨럭이며 감기를
데불고 온 사람들에게
하루분
첩약을 지어
이마를 만져준다

그리고는 가만히
담배를 피워문다

창 밖엔 빈 약통처럼
낙엽들이 굴러가고
잊혀진
국화빵 냄새가 나는
저문 거리의 초겨울

안태마을에서의 일박 · 1

마을은 하염없이
사람이 그리웠다
새들은 줄지어
하늘에 길을 내고
저물어
지친 우리를
마을로 인도했다

일박이다 오므린 마음
오래 지펴 둔
구들장 온기에 녹아
초저녁 잠이 들 때
누군가
인적이 하나
삽짝을 걸어왔다

안태마을에서의 일박 · 2

저승꽃 핀 돌비석과
함께 늙은 바람은
하얗게 삭은 뼈들을
가지에 걸쳐두고
이빠진
퉁수 소리를 내면서 졸고

산그늘 내려와서
잠이 깬 바람영감
두어 번 헛기침하며
시누대 흔들면서
따뜻한
쌀밥냄새에 싸리울을 서성이고

보리

벼는 익을수록 고개를 숙인다고?

허나 난 고개 꺾어 절하진 않겠노라

목을 쳐, 목을 쳐라고 하늘을 보겠노라

지천과 천대뿐인 보리에게도 할 말은 있다

물려받은 더럽고 한 많은 쌍것의 피

불어라 내 목울대 꺾어 설운 피리 불어라

깜부기 깜부기처럼 겉타고 속도 타는

속절없는 남정네여 고이춤 풀어헤쳐

발정난 방아깨비처럼 풋방아라도 찧어라

벌목

벌목을 멈춘다 갑작스런 사이렌소리
애벌레의 집들이, 개미의 세상이
대각의 숲의 균형이 한 하늘이 무너진다

불면

상수리나무 잎새들은
잠들지 않는다.
꿈속에서 한 웅큼씩
모발들이 빠져가는,

잠들면
피가 멎을까

두려운 불면의 밤

백일홍

그대가
화무십일홍의
생애로
피고 진다면
이 몸은
청기와의
마구리나
낡은 단청,
저무는
퇴기의 정절 같은
여생을
살다 가겠네

제5부 생명을 위한 연가

생명을 위한 연가 · 1
—낙태

오두마니 한 소절
표절의 시구처럼

가위질에 잘려서
점점 한 점 점이 되어

왔던 길
되짚어 가는
절름발이 별 하나

생명을 위한 연가·2
—지워지면서

어머니, 한 방울
눈물의 평토제
꽃답고 아름다왔으니
가시어요 훌훌총총
빛낡은
수사법 몇 잎
은장도로 잘라내듯

애장터 돌무덤길
혼점(魂占)의 사내따라
분바르고 연지찍어
봄꿈처럼 가옵니다
철자법
틀린 언문 한 줄
지워져 가옵니다

생명을 위한 연가·3
— 작법(作法)

지다만 놀은 그저 강물에 버려진다
강물 또한 빈 들에 이르지 못하나니
종장을 채 맺지 못한 이 여백의 외로움

생명을 위한 연가·4
—등대섬

남해안 실핏줄 같은 길 하나 따라가면
밀물에 발목 씻는 등대섬 하나 있지
슬픈 날 슬픔의 빛깔로 찰랑대는 물살들

하얀 이 드러내는 물결의 섬섬옥수
삽으로 떠올리면 한 삽질에 묻어나올
조금씩 앉은키마저 작아지는 등대섬

생명을 위한 연가 · 5
―감별

평화의 날에도 사내들은 울었다
빈혈의 햇살처럼 노랗게 쓰러지며
낙화암 시든 전설을 매립장에 묻는다

생명을 위한 연가 · 6
—몽정(夢精)의 바다

내 침실 빈 항아리 가득히 차올라와서
갈망의 맨 마지막 단추를 풀었을 때
보았다 관능의 밀물 무너져 내리는 것을

며칠째 혼절의 잠 깨어나지 않았어
떠돌며 얻어가진 달디단 신열의 병
몸이 단 물푸레나무 속살은 젖어오고

생명을 위한 연가 · 7
―쥬라기 공원

기침을 할 때마다
허리가 결린다는
디스크 앓는 빌딩들
줄지어 병원간다
발맞춰 탬버린 치며
재활원 닥터에게로

생명을 위한 연가·8
―한밤의 몸섞기

촉 낮은 구멍가게의 백열구 불빛과
가로등 차고 푸른 불빛이 몸을 섞는
한밤의 골목 풍경을 숨죽이며 보았다
불빛의 분말들은 어둠 속에 스며들어
취객의 오줌자죽 흘러내린 곳까지
화해의 몸을 섞으며 긴 밤을 지샌다

생명을 위한 연가 · 9
―난파

부서짐 그 찬란한 멸망에 대하여
혹자는 수사의 미학이라 짐짓 말하지만
누구나 한두 번쯤은 산산히 부서진다
부서지지 않은 자의 막연한 두려움
아는가 저음으로 출항의 닻올릴 때
키자란 두려움의 뿌리 지나해에 닿는 것을

닿아서 갈기 세워 짖쳐오는 물살들
저만치 하늘도 포말 속에 곤두박혀
먼 기억 저편의 바다로 아득히 흘러갈 때

일찍이 부서져 본 어깨들은 평화롭다
섬들은 제자리로 태연히 돌아가서
난파의 갑판 너머로 꿈조각들을 맞춘다
상처난 희망들의 이마를 기워주는
저 슬픈 균열의 빛나는 은빛 실밥
부서져 이루는 사랑법, 그 분열의 찬란함

생명을 위한 연가 · 10
―자궁 속으로

돌아가리 이승의 생명줄 끊어버리고
당신의 따뜻한 자궁을 걸어서
소멸의 한낱 미립자로 돌아가고 싶어라

생성 이전의 바다는 폐허인가 절정인가
잉태의 꿈 끝끝내 못 이룬 닮은꼴들의
꽃다운 절망의 창법 나는 듣게 되리니

사랑이여 태동보다 아름다운 소멸이여
오늘은 아득히 자궁 속을 걸어가서
무정란(無精卵) 씨방의 노래 귀대고 들어보리라

생명을 위한 연가 · 11
―부화

살며시 문을 열자 세상이 있더군
눈부셔 가만히 세상을 내다볼 때
일제히 세상의 눈들이 나를 쏘아보더군

나는 천천히 호흡을 고르고
주머니 속에 든 표창을 꺼내어
세상을 눈들을 향해 힘껏 던져버렸어

생명을 위한 연가 · 12
―점화

사랑은 간결했어
흐느끼는 한 소절
색소폰 음률처럼
허공에 흩어지는
달콤한
입맞춤의 여운
간결한 최후였어
넌 이미 알고 있었지
타다 만 한 줌의 재
허무의 가슴에
던지는 붉은 비수
결행의
짧은 한 순간
비명 같은 흔들림
운명처럼 내던져져
점화된 한 점 불씨
옷깃에서 커튼으로
찬란한 불기둥의

완벽한
사랑의 연소
오, 탐미의 동반자살

생명을 위한 연가 · 13
―시를 찾아서

작별하자 시든 꽃이여, 그 추억의 부름켜로부터
아름다운 산문시 한 채의 다다미로부터
쌓이는 빈 술병들의 허약한 체념으로부터

오늘은 어둔 창녀처럼 소리내어 울리라
짚세기도 못 꿰고 황망히 쫓겨가던
화냥년 봉두난발처럼 소리내어 울리라

생명을 위한 연가 · 14
―두문동

두 다리로 세상을 건너가는 사람들
살아서 이승의 절벽에 가 닿기 위해
아득히 이름을 버린 사내들의 뒷모습

소멸과 대결의 미학
―이달균 시의 의미―

오형엽

문학평론가 · 수원대 겸임교수

이달균의 시는 시간의 운명 속에서 소멸해 가는 존재들과 사물들로 가득 차 있다. 흘러가는 시간은 존재의 생명력을 퇴화시키고 사물의 원상을 퇴색시킨다. 이달균은 저무는 황혼 무렵 낡아가는 공간에 혼자 남아 무너지는 육체들과 바스러져가는 사물들을 응시한다. 그래서 그의 시는 성당의 종지기 영감이 죽은 뒤 남은 종소리와도 같이, 소멸과 퇴락의 아우라를 근저에 깔고 있다.

그 성당 종지기 영감이 죽었다
말없이 종만 울리며 살다간 사람은
가슴에 무슨 말들을 여미고 살았을까

종각 옆 광목빨래처럼 펄럭이던 한 생애
당신의 이빨빠진 웃음도 내 유년도
한 장의 낡은 사진처럼 붙박혀 남았을 뿐

─「종소리」 전문

말없이 종만 울리며 살다간 종지기 영감의 가슴에 여며 있을 무수한 말들. 그것은 이달균 시의 침묵의 여백 속에 여며 있는 뜨거운 고뇌와 넘쳐 흐르는 정념들과 흡사하다. 이달균의 시는 "광목빨래처럼 펄럭이던 한 생애"와 "이빨빠진 웃음"과 "유년"이 붙박혀 남아 있는 낡은 사진처럼, 존재가 지닌 본래적 생명력이 닳고 희석된 현재의 양상에 착목한다. 다시 말하면, 그것은 급변하는 시대의 흐름 속에서 퇴색되어 가는 과거적 존재나 사물들에 이달균의 시선이 머물고 있다는 말과 같다. 따라서 이달균의 시는 종지기 영감이 죽은 뒤 이제는 울리지 않는 종소리와 아직도 귓가에 남아 있는 종소리 사이에서 희미한 추억의 아우라를 형성한다. "박수근 화집 속의 마을"에 그려진 "빛바랜 파스텔조의 머리깎은 나무들"과 "다리를 절며" 가는 "겨울새 한 마리"(「겨울 화집(畵集)」)는 그의 시에 나타나는 소멸과 퇴락의 모티프를 선명히 보여주고 있다. 그러면 이 소멸과 부재의 이미지 내부에는 무엇이 있는 것일까?

나의 빈 내부에서

소리가 난다

오래된 목조건물,

그 목질(木質)의 휘파람처럼

빈 가슴

깊은 그 어디에서

소리가 난다

─「목질(木質)의 휘파람」 부분

시인은 자신의 "빈 내부"를 "오래된 목조건물"로 비유하고, 깊은 그 어디에서 나는 소리를 "목질의 휘파람"이라고 말한다. 자신의 내면을 '빈 공간'으로 파악하는 것은 부재에 대한 인식이기도 하지만, 휘파람 소리를 낼 수 있는 생성에 대한 인식이기도 하다. 따라서 "오래된 목조건물"에서 나는 "목질의 휘파람"은 부재에 대한 인식을 생성에 대한 인식으로 전이시키는 내면적 근거를 제공한다. 그것은 철근과 콘크리트가 주조를 이루는 현대 건물의 흐름에 저항하는 전통 건물에 대한 긍정으로부터 시적 메타포를 얻는다. 과거와 현재, 전통과 현실의 시간성 사이에서 형성되는 이러한 시적 의미는, 실재의 공간과 가치의 공간 사이에서 형성되는 시적 의미와 겹쳐지기도 한다.

오늘도 소매물도는 저만치 앉아 있다
차라리 지도 속에 실재하지 않는 섬
사라진 전설의 바다, 그 파도였으면 좋겠다

그리운 이가 죽으면 핏빛 동백이 피고
그 생애를 덮을 만큼의 싸락눈이 내리면
먼 바다 작은 섬 하나를 가슴에 묻고 산다면…

그래, 어디에도 소매물도는 없었다
다만 그리운 이와 동백을 피고 지우는
쓸쓸한 싸락눈의 빛깔만이 내게 남아 있을 뿐
─「소매물도는 없다」 부분

"소매물도"는 실재하는 섬이지만, 화자는 그 섬이 "사라진 전설의 바다, 그 파도였으면 좋겠다"고 말한다. 전설의 섬이라면, "그리운 이가 죽으면 핏빛 동백이 피고/ 그 생애를 덮을 만큼의 싸락눈이 내리는" 섬 하나를 가슴에 묻고 살 수 있기 때문이다. 따라서 화자는 어디에도 소매물도가 없었다고 말하고, "다만 그리운 이와 동백을 피고 지우는/ 쓸쓸한 싸락눈의 빛깔만이 내게 남아 있을 뿐"이라고 말한다. 시인은 현실적으로 실재하는 공간 보다 정신적인 가치의 공간에 긍정적인 의미를 부여하고 있는 것이다.

지금까지의 분석을 통해 우리는 이달균 시의 표면에 나타난 소멸과 퇴락의 이미지 내부에, 흐르는 시간 속에서도 지켜져야 할 정신적 가치에 대한 애착과 긍지가 숨어 있음을 감지할 수 있다. 소멸과 죽음의 운명에 대결하는 이러한 양상은, "삭아가는 시간"과 "허연 시간의 뼈"(「시간」)를 주시하는 시간성에 대한 인식과, 그 시간성에 저항하려는 정신적 의지 사이에서 생겨나는 것이다. 소멸과 죽음에 저항하려는 시인의 의지는 '기억의 길'과 '낙타의 길'과 '순교의 길'이라는 세 가지 모색의 방향으로 구체화되는 것으로 보인다. 첫 번째 '기억의 길'은 기억의 주름을 펼침으로써 시간의 흐름을 거슬러가는 물줄기를 형성하여, 닳아가는 존재와 사물의 육체를 회복하려는 시도로 나타난다.

다음의 시를 살펴보자.

눈빛이 투명하다 물소리가 난다

사람의 뼛속으로도 출렁이며 흐르는 강물이 있다면 향기도 빛깔도 없이 그저 흘러서 모래내를 이루던 남강 하류 그 기슭에서 보던 갓잡은 물메기 지느러미의 깃치는 소리며 물밤줄기나 수초에 묻어나던 물때냄새, 배추씨 모종삽 뜨는 경삼이 아재 누런 이빨같이 오래 잊었던 것들아, 청청한 물빛으로 반짝이는 그대, 그대를 지나

기억의 종이배 타고

그곳에 가고 싶다

—「기억의 종이배 타고」 전문

　"사람의 뼛속으로도 출렁이며 흐르는 강물"은 기억의 강물이다. 1연의 "눈빛이 투명하다 물소리가 난다"는 "기억의 종이배"를 타고 과거로 진입하는 시인의 생생한 감각을 '눈빛'과 '물소리'의 이미지를 겹쳐서 표현하고 있다. 과거로 흘러가는 이 기억의 항해를 통해 시인은 "갓 잡은 물메기 지느러미의 깃치는 소리"를 듣고, "물밤줄기나 수초에 묻어나던 물때냄새"를 맡으며, "배추씨 모종삽 뜨는 경삼이 아재 누런 이빨"도 만난다. 이 모든 것들, 즉 오래 잊었던 과거의 기억들은 시인에게 "청청한 물빛으로 반짝이는 그대"로 인식된다. 따라서 시인은 '투명한 눈빛'의 이미지에 '청청한 물빛'의 이미지를 호응시킴으로써 추억 속에서 되살아나는 과거의 생동하는 감각을 표현하고 있는 것이다. 그러나 이 '기억의 길'은 "거리엔 랩처럼 세월이 지나간다"와 "조국은 랩송을 부르며 도시를 질주한다"(「나는 랩시(詩)를 쓰지 못한다」)에 표현된, 질주하는 현대 세속도시의 속도전을 감당하지 못한다. 이럴 때 시인은 지워지는 생애의 고단한 길 위에서 '낙타'가 되어 그 소멸을 견디며 죽을 때까지 걷는다. 이 길이 두 번째 모색의 방향인 '낙타의 길'이다.

등짐이 없어도 낙타는 걷는다
고색한 성채의 늙은 병사처럼
지워진 길 위의 생애 여정은 고단하다
생을 다 걸어가면 죽음이 시작될까
오래 걸은 사람들의 낯익은 몸내음
떠나온 것들은 모두 모래가 되어 스러진다
모래는 저 홀로 길을 내지 않는다
동방의 먼 별들이 서역에 와서 지면
바람의 여윈 입자들은 사막의 길을 만든다
낙타는 걸어서 죽음에 닿는다
삐걱이는 관절들 삭아서 모래가 되는
머나먼 지평의 나날 낙타는 걷는다

―「낙타」 전문

　　모래 사막은 길을 지우고 떠나온 것들을 모두 스러지
게 하는, 흐르는 시간의 메타포이다. 이 모래 사막을 등
짐이 없어도 걷는 낙타는, 소멸의 시간성이라는 현실에
맞서 죽음의 운명을 자신의 몸으로 실행한다. "고색한 성
채의 늙은 병사"는 급변하는 시대 상황 속에서 전통적
가치를 지키려는 시인의 모습을 상징적으로 보여준다.
결국 "낙타는 걸어서 죽음에 닿"지만, 그곳에 이르기까지
"머나먼 지평의 나날"들을 걸어야 하는 것이다. '견딤'과
'저항'의 의미를 내포한 '사막을 걷는 낙타'의 이미지는,

"청기와의/ 마구리나/ 낡은 단청,/ 저무는/ 퇴기의 정절 같은/ 여생"(「백일홍」), "허나 난 고개 꺽어 절하진 않겠노라// 목을 쳐, 목을 쳐라고 하늘을 보겠노라"(「보리」), "오직 나 혼자/ 메마른 검불처럼/ 선 채로 젖지 못하여/ 검불처럼 젖지 못하여"(「비」) 등에서 보듯, 이달균의 시 도처에서 다양한 양상으로 변주되어 나타난다. 그런데 이 견딤과 저항은 비애의 냄새를 동반한다. 소멸과 죽음의 최후를 예감하는 어두운 잿빛의 그림자를 떨쳐 버릴 수 없기 때문이다.

> 사람의 뒤꼭지에선 비애의 냄새가 난다
> 제국을 꿈꾸던 공룡들의 최후처럼
> 백악기 그 잿빛 소멸의 쓸쓸한 냄새가 난다
> 아이들은 공룡이 남긴 발자국을 헤며 놀지만
> 어른들은 선 채로 석유냄새를 맡곤 했다
> 한 차례 더운 바람이 전야처럼 몰려왔다
>
> 잠자리는 날개를 펴고 잠행을 시작한다
> 비릿한 폐허의 연기 자욱한 도심 하늘
> 공장의 불빛을 지나 화력발전소 굴뚝을 지나
>
> —「잠자리 · 2」 전문

"제국을 꿈꾸던 공룡들의 최후처럼" 이달균의 시에서

는 "백악기 그 잿빛 소멸의 쓸쓸한 냄새"가 난다. 시인은 이 비애를 안은 채 "비릿한 폐허의 연기 자욱한 도심 하늘"을 "날개를 펴고 잠행을 시작"하는 '잠자리'가 된다. "고단한 비행(飛行)의 행로(行路) 여기서 마감하노니/ 체념처럼 네 죽음은 투명하고 아름답다"(「잠자리·1」)에 나타난 이 '잠자리의 비행'은, 걸어서 죽음에 도달하는 '낙타의 길'과 상통하는 것이다. 여기서 한 차원 더 나아가 시인은 소멸의 운명에 맞서 스스로 죽음을 앞당기는 결단을 보여줌으로써 세상의 흐름에 비수를 던지는 모습을 보여준다. 이것이 세 번째 길인 '순교의 길'이다.

타다 만 한 줌의 재
허무의 가슴에
던지는 붉은 비수
결행의
짧은 한 순간
비명 같은 흔들림
운명처럼 내던져져
점화된 한 점 불씨
옷깃에서 커튼으로
찬란한 불기둥의
완벽한
사랑의 연소

오, 탐미의 동반자살
—「생명을 위한 연가·12 — 점화」 부분

　시인의 '사랑'은 "허공에 흩어지는/ 달콤한/ 입맞춤의 여운"처럼 "간결한 최후"를 맞이한다. "점화된 한 점 불씨"는 "타다 만 한 줌의 재"를 남긴다. 이때 점화는 곧 죽음이 된다. 여기서 "결행의/ 짧은 한 순간" "허무의 가슴에/ 던지는 붉은 비수"는 자신을 겨냥하는 동시에 세상을 겨냥하는 것이다. "완벽한/ 사랑의 연소"로써 "탐미의 동반자살"을 시도하는, 이달균의 시에서 자기 살해는 세계에 대한 살해와 겹치는 양상으로 나타나는 것이다.

(1)
차라리 빛나는 수의를 걸치고
장엄한 노래에 묻혀 뜬눈으로 죽어주마
동강난 헌 칼처럼 쓰러져 뒹굴어도
뼈마디 마디마디 꺾여 울진 않겠노라
한 마리 준마와 함께 서서 잠들 내 영혼
—「순장(殉葬)」 부분

(2)
나는 천천히 호흡을 고르고
주머니 속에 든 표창을 꺼내어

세상의 눈들을 향해 힘껏 던져버렸어
-「생명을 위한 연가·11-부화」 부분

(1)의 "뜬눈으로 죽"는 '순교'의 결단은 소멸과 죽음의 운명에 맞서는 가장 장엄한 최후를 보여준다. "쓰러져 뒹굴어도" "꺾여 울진 않겠"다는 단호한 결의는 "서서 잠들 내 영혼"에서 그 대표적인 표현을 얻는다. '뜬 눈의 죽음'과 '서서 잠들 영혼'은 "그 빛을 이토록 아름답게 하기 위하여// 하늘이 스스로 저물어 어두워지는 것이다"(「관계」), "어둠을 낳기 위해 태양을 지우는/ 죽음을/ 죽음답게 하는/ 배꼽의 힘이여"(「밤의 배꼽」) 등에서 보듯, 이달균의 시에서 빈번히 나타나는 죽음의 결단이 된다. 그리고 "제대로 칼맛을 본 천재는 요절한다"(「오윤」), "손으로 제 눈을 찔러 실명의 길을 간다"(「최북」), "칼별에 찔려/ 최후를 맞고 싶다"(「참회」) 등에 나타나는 '비수'의 이미지는, (2)에서 보듯 자결의 의미뿐 아니라 세상에 대한 저항의 의미를 내포하고 있다.

결국 이달균의 시는 급변하는 세상의 흐름 속에서 소멸과 죽음의 운명에 처한 과거와 전통의 가치를 지키기 위해, '추억'과 '견딤'과 '죽음'의 길을 걷는 순교자의 모습을 보여준다. 그의 시는 "아득히 이름을 버린 사내들의 뒷모습"(「생명을 위한 연가·14-두문동」)처럼 퇴락한 비애의 냄새를 동반하지만, "메마른 추억의 부름켜"와 "허

103

약한 체념으로부터” “작별하”(「생명을 위한 연가·13 −
시를 찾아서」) 고 “걸어서 죽음에 닿”는 ‘낙타의 길’(「낙
타」)과 “부서져 이루는 사랑법”의 “찬란한 멸망”(「생명을
위한 연가·9−난파」)을 선택한다. 소멸의 운명을 소멸의
시적 미학으로 맞서는 이달균의 “꽃다운 절망의 창법”은
다음의 시에서 그 절정에 이른다.

돌아가리 이승의 생명줄 끊어버리고
당신의 따뜻한 자궁을 걸어서
소멸의 한낱 미립자로 돌아가고 싶어라

생성 이전의 바다는 폐허인가 절정인가
잉태의 꿈 끝끝내 못 이룬 닮은꼴들의
꽃다운 절망의 창법 나는 듣게 되리니

사랑이여 태동보다 아름다운 소멸이여
오늘은 아득히 자궁 속을 걸어가서
무정란(無精卵) 씨방의 노래 귀대고 들어보리라
　　　　　　−「생명을 위한 연가·10−자궁 속으로」 전문

스스로 “이승의 생명줄 끊어버리고” “한낱 미립자로
돌아가고 싶”은 소멸의 욕망은, 자궁 속으로 걸어 들어가
생성 이전의 바다에 닿으려는 시도가 된다. “태동보다 아

름다운 소멸"을 노래하는 이달균의 소멸의 미학은, 죽음의 운명을 죽음으로 맞서려는 대결의 미학이다. 따라서 시인이 스스로 선택하는 죽음은 소멸을 견디고 넘어서는 역설의 힘을 낳는다. 소멸의 미학이 지닌 이러한 역설의 힘으로 인해 다음과 같은 표현이 생겨나게 되는 것이다.

그래도 나는 쓰네 손가락을 구부려
떠나는 노래들을 부르고 불러모아

저무는 가내공업 같은 내 영혼의 한줄 시
　　－「저무는 가내공업 같은 내 영혼의 한 줄 시」 전문

이달균 연보

1957년　경남 함안 출생.

1983년　5인 시집 『비 내리고 바람 불더니』(도서출판 청운)를 펴냄.

1987년　『지평 시선집』에 「창경궁 피터氏의 조각편지 韻」 외 2
편 발표. 시집 『남해행(南海行)』(불휘)을 펴냄.

1990년　민족문학작가회의 입회.

1995년　『시조시학』 신인상 당선(「생명을 위한 연가－낙태」 외 9
편). 『시조시학』 편집 간사.

1997년　『열린시조』 제1회 「이 시인을 주목한다－이달균론」 공
개토론.

1998년　이재금 추모사업회 간사.

1999년　계간 『시와 생명』 창간 운영위원장. 마산 창신대학 시극
(詩劇) 「윤동주, 새벽이 올 때까지」 4회 공연(극본, 연출).
6인 시집 『갈잎 흔드는 여섯 악장 칸타타』(창작과비평
사)를 펴냄.

2000년　계간 『시와 생명』 편집인(～현재). 경남문인협회 사무국
장. 시극(詩劇) 「북행열차를 타고」 4회 공연(극본, 연출).
제1회 통영시화제 공동 운영위원장.

2001년　시극(詩劇) 「개미사냥」 공연(극본, 연출).

현 재　마산 창신대학 문예창작과 출강.

참고문헌

윤금초·유재영, 「언어를 다루는 이지적 몸짓」, 『시조시학』, 1995.

이지엽 외, 「어두운 기억 저편, 현실과 자아」, 『열린시조』, 1997.
봄.

박기섭, 「길 위의 폐활량」, 『시조시학』, 1997.

이우걸, 「길 위의 삶, 길 위의 詩」, 『시문학』, 1998. 4.

신경림, 「시조를 읽는 즐거움, 시를 읽는 즐거움」, 『창비시선』
189.

이상옥, 「나는 랩시(詩)를 쓰지 못한다」, 『다층』, 1999. 봄(창간호).

유재천, 「현대시조의 가능성과 문제」, 『시와 생명』, 1999. 겨울.

이상옥, 「오늘의 시, 다양한 전개」, 박철희·김시태 책임편집, 『한
국 현대문학사』, 시문학사, 2000.